AF357173

Réponse de la bergère au berger

Œuvres précédemment publiées d'ÉDOUARD DUJARDIN :

Les hantises, 13 contes en prose, 1886 ;
Les lauriers sont coupés, roman, 1888 ;
Litanies, vers et musique (pour chant et piano), 1888.

Trois poëmes en prose et en vers :
A la gloire d'Antonia, 1887 ;
Pour la vierge du roc ardent, 1889 ;
Réponse de la bergère au berger.

La légende d'Antonia :
1re partie : *Antonia*, tragédie, 1891 ;
2e partie : *Le chevalier du passé*, tragédie, 1892 ;
3e partie : (en préparation).

La comédie des amours, vers, 1891.

ÉDOUARD DUJARDIN

Réponse de la bergère au berger

Avec un frontispice lithographié à quatre couleurs
par Maurice Denis

PARIS

PUBLICATIONS DE LA REVUE BLANCHE
Rue des Martyrs, 17
1892

à Henri de Régnier

RÉPONSE DE LA BERGÈRE AU BERGER

Comme il demeurait, les joues pâles, immobile, les yeux vers de vagues cieux lointains et de mélancoliques souvenirs, au bord de la terrasse d'été et dans l'abri des clématites et des lierres, la femme qui près de lui était assise, accoudée du côté des montagnes bleues, déploya d'un long geste la voile de son éventail ; le silence de l'après-midi s'étendait tout au loin ; elle dit :

Ah ! berger, berger du Tendre, berger d'amour, berger Watteau, berger enrubanné et fleuri ! Berger qui conduisez votre blanc troupeau à travers les plaines, vers les bergères ! Berger qui reluquez les bergères, et, tandis que paît le troupeau, au bord de la rivière, derrière les troènes, rêvez d'elles ! Pauvre pasteur, habile aux paroles, qui chérissez de dire aux belles qu'elles sont belles et qui tant vous plaisez aux bras unis, aux mains mollement pressées ; et puis, qui soupirez, les midis et les soirs, transi, adossé au vieux chêne, parce que quelqu'une vous dédaigne, vous aura trahi ! Voilà que vous geignez, que vous invoquez le ciel et les enfers, et que vous avez de grands yeux tristes à attendrir vos moutons et le cœur des hêtres... Non, mon beau, mon pauvre, mon désolé berger, quand les bergères vous verront si lamentable, n'est-ce pas qu'elles n'auront qu'à rire, ou bien, selon l'humeur, à se prendre de colère, à leur tour, et vous injurier des mêmes plaintes que vers elles vous exhalez au milieu de votre blanc troupeau, près de la rivière, dans la plaine, au pied mousseux du vieux chêne ?

Car vous nous la baillez belle. Depuis l'éternité n'êtes-vous pas là, messieurs, en des postures hamlétiques, à quereller le destin qui fit l'âme féminine victimaire et de vos âmes des holocaustes ? Vous vous êtes canonisés martyrs, et nous sommes, en même temps que vos paradis, vos géhennes. Vos récriminations ont mille formes ; vous r...s avez faites des abîmes, d'insondables mers, des gouffres de mystère, et vous vous plaisez à naufrager en nos énigmes ; nous sommes le sphinx ; nous sommes l'onde menteuse, peuplée de sirènes, et nous sommes les sirènes qui vous charment et vous dévorent ; que chantez-vous encore ? vous êtes les hosties que nous pâturons à nos caprices, comme vos brebis les herbes.

Poëtes et musiciens, n'êtes-vous pas, messieurs, les orateurs de la planète ? vous avez la parole, et Dieu sait si vous en usez ! Nous, nous écoutons, ne daignant pas (ne pouvant pas, si vous voulez) rimer. Ainsi vous avez réduit les femmes à dire à leurs pianos, quoi ? vos soupirs, messieurs. Leurs soirs de solitude, sur quoi rêveront-elles ? mais sur les malédictions que leur envoient les livres que vous avez faits. C'est vous qui montez aux tribunes, et nous demeurons à nos tapisseries et à songer entre nous.

Mais ne pensez-vous point que tout au fond de leurs prunelles, à vos élégies, à vos vers, elles ne sourient ? Et si vous haussez le ton, quand vous prenez, Antony, votre poignard, ah ! vous nous exaspérez.

Si la bergère parlait, elle aurait à vous répondre, berger.

Tenez ! l'après-midi est chaude et très douce ; les campagnes respirent dans la moiteur du soleil là-bas ; de cette terrasse nous apercevons l'étendue et nulle forme humaine ; l'horizon montagneux est un bon cadre aux conversations échangées. Continuez à regarder, de ce regard si romantique, les nuages ; ne consentez-vous pas à ce que je rouvre d'anciennes blessures ? Je songe à vous raconter, mon ami, l'histoire de vos dernières blessures. Demeurez donc ; vous entendrez dans une brume agréable les paroles qu'il me prend fantaisie de répandre dans l'air.

La femme dont vous avez si récemment souffert, je l'ai connue. Après tant d'aventures, de hautes et de folles amours dont vous sûtes orner votre jeunesse, après tant d'héroïnes toutes aimées et toutes nobles, mon ami, je comprends que le visage de celle-là ait pu par ses lointains aspects de rêve halluciner votre esprit, et je ne lui dénie rien de l'auréole que vous vous plûtes à voir sur son front.

Elle était née en de vulgaires circonstances; comme tant d'autres, elle avait grandi banalement; puis, un jour, son sexe s'étant éveillé avait étreint son être de silencieux émois. Alors sur sa face avait monté cette pâleur admirable, et ses yeux s'étaient ouverts de profondeurs. Son visage en effet était blanc et mat; ses cheveux noirs avaient bien, parmi leurs reflets de jais, des éclats obscurément blonds; et ses yeux noirs étaient vraiment énigmatiques; sa beauté se formait de cela qu'il devenait visible et manifeste et évident qu'elle était née pour l'amour.

Ah! combien de telles femmes apportent à ceux qui les aiment, de joies et de suprême bonheur! ah! que ce sont bien elles qui donneront aux hommes tout le trésor de la fémin. `, ces pâles jeunes femmes dont les yeux, les lèvres, tout le corps, la démarche, la voix, les moindres gestes disent le tréfonds amoureux de leur nature. Elles n'ont point la splendeur opulente des Rubens, les classiques puretés des divinités connues, ces apparences de vie exubérante ni cette beauté tout extérieure que prise seulement le vulgaire ; mais à les voir, le cœur de l'homme sent la femme vivre là ; rien qu'à les entendre, il devine que c'est la femme ; elles sont les femmes, et, je le dis en vérité, cela est parce qu'elles vivent uniquement pour aimer, pour être aimées, parce qu'elles ignorent le reste, et qu'à cela seul elles sont absolument aptes, à être femmes et à l'amour.

Par quels hasards de circonstances dut-elle passer, elle que la vie avait faite, dès ses seize ans, à peu près indépendante ? Le moment n'est pas bon de redire ces choses que vous savez, je l'imagine, les cruelles expériences à travers où marche la femme à partir du jour où sa pleine puberté l'a jetée dans le tourbillon des choses. C'est l'éternelle lamentation des mauvais chemins par où mène le sort, des chutes indignes dont beaucoup ne se relèvent pas, des contaminations que le péché originel défend à quiconque d'éviter ; misérable histoire, à en pleurer sans fin si elle n'était presque une loi, des virginités abominablement perdues !

C'est à vingt et un ans, à l'âge où la femme, mûre

pour l'amour, fatalement doit donner l'épanouissement et le meilleur d'elle-même, qu'elle se rencontra à vous. Elle passait, de sa belle démarche coutumière, et vous, dans votre esprit où soudain son aspect ressuscita vos plus lointaines visions, vous reconnûtes, n'est-ce pas, la créature pareille à ce que, sans plus l'espérer jamais, vous désiriez le plus intimement.

Dès le premier moment, entre ceux qui se doivent aimer, naît un courant primesautier de sympathie nerveuse. L'homme s'enfl mme vite; la femme est plus longue à s'éprendre. Elle me confia qu'en cette conversation primitive, elle ressentit ce sentiment d'aise un peu troublante par quoi nous commençons à aimer; et elle eut l'instinct immédiat d'être ardemment désirée.

Les femmes supérieures connaissent seules le secret de se donner à l'instant précis qu'il faut; les autres se donnent trop tôt, comme des filles, ou bien elles font s'échapper l'heure où la chute eût été belle et en tardant elles laissent à l'amant une malveillante lassitude de ses insistances. Mais la plupart des femmes, faites par la nature pour la vie quotidienne, le commerce et la tenue des livres, les soins du ménage, les enfants, ou le plaisir des hommes, la plupart, bourgeoises ou courtisanes, n'ignorent-elles pas nativement les inenseignables lois de l'amour?

Quelle liaison s'inaugura jamais dans un plus joli ravissement de lune de miel? Cette fuite dans un coin de la forêt de Fontainebleau, par un beau mois de printemps ensoleillé et chaud, aussi doux et plus caressant que l'été, dans une pleine végétation de feuilles naissantes, un embaumement de sèves épanouies. Vous aviez bientôt reconnu combien digne de votre amour était cette femme où se révélait chaque jour quelqu'une de ces perfections à la fois sentimentales et sensuelles qui font les maîtresses délicieuses. Elle, peu à peu, elle se sentait prise, charmée et heureuse ; aucun nuage ne troublait ce bonheur ; on vous a rendu justice ; vous étiez tendre, plein d'égards ; à la première rencontre vous aviez plu ; maintenant c'était une sérieuse affection, avec cette gratitude des sens que nous avons bien vite pour l'homme qui a su les émouvoir. Et cela, progressivement, gagnait le profond du cœur ; dans l'enlacement de son amant, elle avait une joie plus intime ; et puis, elle rendait plus ardemment à ses lèvres leur baiser ; et puis, elle se surprenait à venir d'elle-même se couler contre son corps, à s'étendre sur sa poitrine, à avancer sa bouche, après les promenades à travers la forêt moelleuse, dans la chambre déjà familière, par les belles nuits.

Puis, ce fut le retour à Paris. Une femme qui aime oublie volontiers le monde ; vous, messieurs, vous avez des affaires, et, quelque épris qu'on vous voie, vous ne les négligez guère. D'ailleurs, vous étiez un peu las, plein d'amour certes, mais enclin à accepter quelque brin de solitude, de calme au moins, le nierez-vous ? Je sais que votre cœur était toujours le même ; mais après quinze jours d'ardente passion, il est humain de mettre aux choses une sourdine, et à ces quinze jours de votre lune de miel vous fîtes succéder des temps plus tranquilles.

Vous ne vous rencontriez plus qu'à intervalles ; elle venait chez vous ; elle était jolie ; vous vous réjouissiez de l'avoir, de penser qu'elle était à vous. Vous n'aviez plus la primitive angoisse de ces yeux, de ce front où vous aviez retrouvé de si lyriques ressemblances ; l'habitude avait adouci vos exaltations. Des soirs, après de gais dîners tête-à-tête, vous alliez ensemble écouter de la musique ; elle comprenait comme vous, et vous en étiez fier. Elle s'intéressait à vos affaires ; vous connaissiez tous deux l'art de causer durant de longues heures ; et cela vous semblait exquis, cette chère maîtresse qui savait venir aux moments où vous la désiriez, n'encombrant point votre existence, vous laissant entre ses visites à vos occupations, à vos soucis, et puis, quand elle était là, quand son jour et son tour étaient arrivés, vous prodiguant les trésors que vous demandez à la femme de mettre à vos pieds. Homme heureux, vous l'aimiez de cette vraie gratitude, de cette bonne affection de cette charmante camaraderie d'homme à femme qui mérite tout juste le nom d'amour.

Elle, jusque-là lente à se passionner comme sont les femmes supérieures, mais chaque jour se donnant, s'exaltant davantage, elle, à ce moment-là, elle était parvenue à la période suprême de son amour.

Amants aux belles, aux folles, aux romantiques his-
toires, vous ne vous arrêtez guère, messieurs, à vous
imaginer à quelles transes, si par un malheur nous
aimons, nous sommes vouées. Vous avez, messieurs,
le soulagement de pousser des cris, ou d'implorer, ou
de maudire; vos douleurs, toutes profondes qu'elles
soient, s'effritent à se manifester; mais les femmes
doivent se taire et cacher leurs larmes; il leur est
défendu de dire à l'homme les prières dont l'homme
abuse envers elles; c'est notre pudeur qui nous sacre,
mais elle nous crucifie. A moi, sa vieille amie, sa sœur
aînée, hélas! n'a-t-elle pas maintes fois rougi d'avouer
son cœur?

Toujours son amant avait pour elles les gentillesses
qui convenaient; mais c'était bien évident qu'elle ne
tenait plus dans sa vie une très grosse place. Tandis
qu'elle n'avait d'autre pensée, d'autre désir, d'autre
rêve, il songeait à ceci, à cela, et tout à coup il se sou-
venait qu'il avait une maîtresse. A l'instant où son âme
s'offrait toute, c'est de sa chère petite santé à elle, de
ses affaires à lui qu'il l'entretenait. Autant que sa ten-
dresse, sa dignité se meurtrissait à ne pas vouloir
entendre; et il fallait se résigner, se quitter sur la pro-
messe de se revoir dans trois, dans quatre jours, rentrer
dans son isolement. Parfois elle devinait qu'il avait à
droite et à gauche des flirtations; eut-elle de la jalousie?
la jalousie est une crise; elle avait pis; elle était in_
quiète. Et elle se lamentait, dans le silence de sa

chambre, où, des heures et des heures, elle attendait la lettre qui tardait à venir.

Plusieurs fois, elle osa, elle, la fière, aller vous voir sans être attendue, au milieu de vos amis, de vos affaires... Elle vous dérangeait peut-être, la pauvre qui vous aimait !... oh ! son tremblement, pendant qu'elle montait vos marches, hésitant jusqu'à la porte, pâlissant et rougissant au moment d'entrer !

Tous ces mois qui suivirent votre retour de lune de miel, vous n'avez rien voulu connaître de ses angoisses. Quand arrivait le jour et l'heure de vous revoir, exacte comme les femmes ne le sont guère, en sonnant à votre porte elle n'avait d'autre pensée que de présager dans son cœur l'accueil plus chaleureux ou moins glacial qui lui serait fait. Et puis, tout au fond d'elle, elle notait qu'elle avait été embrassée comme ceci ou comme cela ; qu'on l'avait appelée « chère amie » ou « ma chère », et si froidement, si indifféremment ! Et puis, au balcon elle allait s'accouder ; elle avait des larmes aux yeux, et par moments un désir lui venait de s'écrier : « Mais je t'aime ! mais comprends ! mais vois donc ! je suis là et je me désole que tu ne me prennes pas comme autrefois, comme autrefois... »

Ami, je vais raviver les plaies de votre cœur. Vous m'en avez beaucoup parlé, aux jours de confidences, de ce soir où vous eûtes pour la première fois la sensation que votre maîtresse vous échappait. C'était au milieu de l'été, n'est-ce pas ? Vous projetiez de partir pour quelque villégiature ensemble, vous r'jouissant de recommencer avec celle que vous aimiez la belle vie à deux. Vous vous aperçûtes alors qu'elle vous écoutait d'une oreille plus distraite, et comme vous insistiez, qu'une lassitude, un ennui venait à ombrer son front. Vous eûtes une hésitation, et, en cette minute, il vous sembla vous souvenir que depuis quelques jours votre maîtresse était moins attentive. Vous fûtes vexé, mon ami; et ce fut votre première scène. Et c'en était dès lors fait de vous, de cette belle sécurité où vous puisiez tant de bonheur; le doute vous avait pris.

Le voyage à deux cependant avait été décidé, et vous partîtes. Et voilà que vous devintes le pauvre et le mélancolique qui souffre de l'amour. Vous aviez dans l'esprit que ce voyage recommencerait la belle lune de miel d'antan; magnifiquement vous aviez rejeté tous autres soucis, réglé toutes affaires, pour vous donner ainsi qu'au premier jour tout à votre bonheur; et ce n'était plus, non, ce n'était plus la même femme dont vous preniez les mains. Vous redeveniez l'amant des anciens soirs; mais elle avait des distractions, des froideurs; vous la surpreniez à rester immobile, l'esprit à d'autres idées; et quand vous lui disiez : « Tu ne m'aimes plus? » Elle vous répondait des : « Mais si... » qui vous consternaient.

Vous en rêvâtes un poème, monsieur, où vous vous exaltiez sur l'inconstance féminine. Car à ce jeu vous vous excitiez, vous reveniez en pleine passion, vous vous remettiez à aimer davantage et davantage, au fur et à mesure que vous soupçonniez d'être moins aimé. Est-ce que vous ne retrouvâtes pas alors quelque chose en elle, en ses cheveux noirs et lumineux, en sa démarche hautaine, en ses yeux énigmatiques, des fameuses ressemblances lyriques qui vous avaient jadis enthousiasmé?

A votre tour — oui, je rouvre vos plaies — si vous aimiez davantage, vous étiez moins aimé; et malgré que si souvent vous vous forciez à ne le pas voir, vous le voyiez avec toute évidence. Vous avez souffert; vous aimiez encore, vous n'étiez plus aimé; on n'avait plus entre vos bras ces beaux sourires de jadis; ces beaux yeux ne luisaient plus à regarder les vôtres; on ne se pâmait plus guère; et puis on avait des humeurs, des jours maussades, d'autres trop gais; on voulait des plaisirs; amour, tu ne suffisais plus! Ah! comme ça n'était plus ça!...

Puis, un jour, elle vous dit :

— Il faut que je parte... pour quelques jours... il faut que je m'en aille.

— Pourquoi?

— C'est maman qui a la fièvre... c'est le père qui va mal... notre chien, notre chat a la migraine... au revoir, mon devoir m'appelle... à bientôt... nous nous reverrons.

— Quand?

— Ne sais pas... demain... dans huit jours... l'année prochaine... adieu, mon bel ami.

Ah ! berger, votre cœur n'est point généreux ; vous êtes trop hâtif dans les affaires de sentiment. Berger, votre cœur n'est point intelligent ; vous ne savez pas entendre quand sonne votre heure. Votre cœur, berger, n'a guère de munificence ; vous ignorez d'offrir à nos causeries l'heure qui passe. Votre cœur est ingrat, ô berger, car vous êtes un peu fat. Il est frivole aussi ; car nous savons bien que vous n'êtes guère fidèle. Il est jaloux. Et puis, ô berger, qu'il est donc insensible, votre cœur d'homme, aux peines des bergères qui pleurent en enfants ! et qu'il est injuste ! et qu'il devient bientôt mauvais ! et, si vos esprits sont si logiques, qu'il est donc inconséquent !

Au détour du bois les bergères passent et ne demandent qu'à sourire ; le vilain qui les effarouche ! A la lisière du bois elles sont venues pour vous ; quels soucis si pressants vous tiennent ? Elles attendent, mais c'est sous l'orme, et vous vous amusez aux fleurettes du chemin. Pourquoi ne savez-vous plus quelles nobles prières vous suppliiez hier ? Vous voulez que demain nous soyons celles d'hier, mais ce matin, ô berger, vous avez changé et votre habit et votre âme et votre parler. Nous avons passé la nuit sous le ciel humide à rêver qu'il venait; ah! le sot qui dort jusqu'à l'aurore! Les violons étaient accordés, le festin fumait, la salle était festoyée et nous avions vêtu la robe blanche et le grand voile et le nœud des rubans liliaux; oh! vous avez oublié la fiancée.

... Et puis, nous savons bien, berger de mensonge, que nous ne sommes pour vous que l'occasion, que le contingent, le quotidien, le hasard. Vous ne nous aimez point. Celle que tu aimes réside au ciel de cet esprit qui s'envole si loin au-dessus de nous. Oh! nous finissons par comprendre que tu sois si volage, si aveugle, si dur. La seule que tu aimes, menteur, n'est pas parmi nous... Habite-t-elle de l'autre côté de la mer, ou sur la montagne de neige, ou dans la lune? est-elle de là-haut ou d'en-bas? est-elle ange, ou femme, ou bête? Celle que tu aimes, elle est chimère. Ah! nous sommes de doux passe-temps, des façons de se consoler, d'attendre. Ton Antonia, je lui ressemble, alors tu veux de moi? moi, j'ai sa chevelure... mais voici que la voisine a le son de sa voix; et puis celle-là ce soir te représente un brin de ton rêve... Va, nous savons bien que tu nous méprises au fond véritable de ton cœur de fou.

Abdique le rêve, homme! sois époux, et tu sauras si

les femmes savent aimer constamment. Renonce le ciel !
nous sommes la terre ; nous ne pouvons appartenir au
chevalier du cygne.

... Mais voici, mon ami, que le soleil baisse, que le
soir monte. Regardons au loin de l'horizon. Et des
groupes de chanteurs et de chanteuses en-bas de la
terrasse apparaissent et vont. Dans la vapeur si douce
du premier crépuscule, leurs voix s'élèvent. Assez de
philosophie, ami ! et que tout, encore une fois, se ter-
mine par des chansons !

DES CHANTEURS

Nous sommes les pauvres hommes,
Tout ce que nous sommes
Et toutes nos âmes,
C'est pour que les belles dames
Du soir au matin
En fassent leur festin.

Nous sommes les amants,
C'est notre sang,
Le sang de nos fièvres
Qui fait aux belles mièvres
Leurs rouges lèvres
Et c'est nos pleurs
Qui font leurs yeux pleins de douceurs.

Nous sommes les amoureux,
Et les châteaux de nos aïeux
Et les fleurs de nos terrasses
Et les trésors de nos besaces,
Rien ne vaut pour qu'elles sourient,
Les cruelles belles amies.

Hélas ! pauvres humains,
Ce qu'il faut mettre entre leurs mains,
C'est notre cœur,
Et que leurs petits pieds vainqueurs
Trottinent sur les morceaux
Que font nos tristes os,
Et puis qu'elle nous quittent
Vite, vite, vite, vite...

. . . .

Les femmes ! oh ! de cela
Qui nous libérera ?
Quel bon camarade
Prêchera la croisade ?
Qui battra la générale ?
Qui donnera la poudre et les balles ?
Qui chantera la Marseillaise ?
Qui rallumera la fournaise ?
Qui conduira l'assaut
De leurs fuseaux,
De leurs réseaux,
De leurs délicieux museaux ?...

DES CHANTEUSES

Nous ne sommes pas des bourreaux,
Vous arrivez trop tard ou trop tôt,
Pourquoi vous plaignez-vous ?
C'est vous qui passez loin de nous.

Nous ne sommes pas des cruelles,
Nous ne sommes que d'humbles mortelles,
Pourquoi nous en voulez-vous ?
Nous souffrons autant que vous.

Nous ne sommes point méchantes,
Ce que nos âmes chantent
Et ce que nos cœurs soupirent
Vous n'y savez pas lire,
Pourquoi vers nous revenez-vous ?
Pourquoi vous revenir à nous ?

Nous ne sommes point implacables,
Ni mobiles comme les sables,
Ni si frivoles, ni si coupables,
Nous ne méprisons personne,
Nous voudrions être bonnes,
Pourquoi nous maudissez-vous ?
Nous sommes aussi déplorables que vous.

BIBLIOGRAPHIE

La Réponse de la bergère au berger *a été publiée dans* la Revue blanche.

Elle a été composée pendant l'été 1891.

Imprimé par Lambert et Cⁱᵉ, à Paris, en octobre 1892.

www.ingramcontent.com/pod-product-compliance
Lightning Source LLC
LaVergne TN
LVHW021705170726
843501LV00007B/2693